KB166497

널

위한

문장

작가교실 시인선 **03**

널 위한 문장

이시백 시집

작가
교실

널 위한 문장

초판 1쇄 인쇄 | 2021년 7월 12일
초판 1쇄 발행 | 2021년 7월 30일

지은이 | 이시백
펴낸이 | 김용길
펴낸곳 | 작가교실
출판등록 | 제 2018-000061호 (2018. 11. 17)

주소 | 서울시 동작구 양녕로 25라길 36, 103호
전화 | (02) 334-9107
팩스 | (02) 334-9108
이메일 | book365@hanmail.net
인쇄 | 하정문화사

＊책값은 뒤표지에 표기되어 있습니다.
＊잘못 만들어진 책은 구입처에서 교환해 드립니다.

사람을 만나는 일이
쉽지 않다.

주변을 어슬렁거리며
그들을 만나려 한다.

글이 징검다리가 된다면
다행이다.

수수꽃 향기
실개천을 건너 온다.

무궁화수목원에서
이시백

차례

2^부 그녀의 공간

3^부 참, 우습지

4부 동학이 부른다

5^부 씨앗의 영혼

■ 발문 | 정갈한 삶의 기개와 참사람의 길
　　　 −고명수(시인, 전 동원대 교수)

1^부

이야기 일곱

이야기, 하나

맺지 못한 채
지는 꽃망울 뒤로 하고
이제 그만

잃어버린 건
잊어야 한다는데
그래야 한다는데
붉은 그 노을
어찌 잊는다!

가슴에 이미 와버린
깊은 심연의 맥박
아직 건강한데
나직이 호흡 소리
들리는데
꽃이 졌기로
어찌 포기하랴!

우리를 더 이상
설득하지 마라
우리에게 남은 건
분노뿐이다

이야기, 둘

뭐든지 나누고자 해
푸른 기운을 풀어서
너에게 주고, 너에게 받으며
연두가 어떤 색인지
재잘거리는 게 어떤 건지
비로소 알아

담담하게 들으려고 해
너의 목소리, 너의 웃음
침잠으로 아득히 담아
내 속에 담아
출렁출렁 채우려고 해

다 이해하지 못해
너의 웃음, 너의 목소리
차마 다 담지 못해
앳된 가지 부러져
물 위에 부유하는 동안

난 침묵으로 너를 채색해

이야기, 셋

아장아장 걸으며
너는 자랐지

엄마는 너를 보면서
언제나 힘을 얻었어

아빠가 처음 사 온
신발을 신고
한 발
두 발

걷는 마당마다
풀꽃이 한 아름
안아주었지

봄빛이 오늘처럼
따가운 날

나비도 좋아라
풀꽃향기 품던 날
엄마도 아장아장
너를 따랐지

이야기, 넷

싱거운 반찬은 싫다며
물리치던 녀석

맛있는 햄만 먹겠다고
고집하던 녀석

아토피는 어찌 나으려고
좁쌀 고집은 어찌 삭히려고

징그럽게 콧수염 나더니
삼촌한테 자랑하더니

그 콧수염 어디서 볼거나

고집불통 너의 군소리
거실에 쟁쟁거리는데

동생이 따라 하는데

저 옷장의 옷들
아직 말끔한데
누가 다 입을거나

이야기, 다섯

물빛도 눈감아버린
어둠 속에서
내 갈 곳 아득하다네

처음 보는 지형을 더듬어
더듬어 홀로 헤매는데
지상도 아닌 낯선 바다
허공에 내민 두 팔
아무것도 잡히지 않아

굳은 손가락 맞잡아
가까이 가려는데
아무것도 잡히지 않아

들리는 듯 목소리
엄마 목소리 들리지 않아
말도 못하고 헤매는데
자꾸만 자꾸만 눈이 감기는데
눈감으니 보이는 엄마, 엄마

17

이야기, 여섯

진달래 필 때마다
부는 비바람
해풍이 고갯마루 휘저어
가슴마다 지친 먹구름

어제인가, 아니 지금이다
떠도는 혼령은 아직도 침수 중
4월의 영안실은 버겁다

늪을 쪼아대는 늙은 닭
검은 부리를 하얗게 칠한다
이슈만을 구하는 언론
경대마다 난무하는 화장술

철모르는 아이들
따라 할까 겁나는 요즘
푸른 바다가 붉게 보인다.

이야기, 일곱

동해에 나가 봐, 고래가 보이는가
잠들면 꿈속에 나타나지
징으로 후벼 판 반구대 고래들
바위에 새기고 새겨서
고래를 기억하고자 함이 아니야

살아내면서, 나는 시간을 기억하려 해
밤이면 고래가 우는 이유가 뭘까
애비의 속내를 풀어내는
고래의 꿈속에 네가 있어

모래밭이나 잔디밭
내 가슴속에서 울려
출렁이는 물살 드러내며
퍼렇게 자식을 부르는 소리

2만 4천키로의 먼 해양
떠나간 아이들
밤마다 밤마다 들려
동해에서, 서해에서
광화문에서 매일 밤 들려
너의 목소리

내가 사는 곳

우리 집은 너무 솔아서
가축을 키우기 어려워
이웃에서 키우는 가을배추, 실파를
매일 바라볼 뿐이야
고민 끝에 난
하늘에 양떼를 한 마리
두 마리 방목했지
어느새 양떼들이 자라
가을맞이 하러 왔네
천상의 양떼를 모두 데리고
인사를 왔지 뭐야
난 밤이 되면 양떼를 쓰다듬으러
하늘길을 오르지
집 옆에 흐르는 개울물이
나를 데려다주거든
밤하늘을 오를 땐
물소리로 오르는 거야

나들이

천지간 변두리에 왜소하게 늙은 경사지가 살고 있어요. 그는 평생을 부지런히 일했으며 큰나무이든 작은 나무이든 함부로 대하지 않으며 자신을 찾아온 식물과 동물에게 자신의 몸을 내주었지요. 그에게 유일한 낙은 3년마다 친구들을 만나 수다를 떠는 거지요. 재 너머 구릉에 앉아 멀리 보이는 바다를 바라보며 말입니다. 가을은 어김없이 찾아와 산등성이마다 오색 단풍이 제철을 자랑하네요. 올해는 어떻게 가야 하나, 무얼 입을까? 벌써부터 고민입니다. 헌데 2년 전에 잘려나간 그루터기가 이야기합니다. 조막할아버지! 제가 버섯에게 부탁했어요. 이 꽃을 달고 가셔요. 할아버지는 구름꽃 버섯을 보고 너무 기뻤습니다. 조막할아버지는 그루터기에게 말합니다. 자네도 힘든데 어찌 버섯을 키웠누? 오야, 고맙네. 아니예요, 할아버지. 할아버지가 계셨기에 제가 자랄 수 있었잖아요. 저는 할아버지의 은혜를 잊지 않고 살아요. 그루터기는 헐거워진 자신의 몸은 숨긴 채 할아버지를 위로합니다. 최근에 콜록거림이 심하신 땅할아버지. 이름은 조막이지만 마음은 넉넉하기가 바다와 같습니다. 그래서 조막할아버지는 바다를 좋아하나 봅니다.

올갱이는 색깔도 곱다

흐르는 물살을 놓치지 않으려
몸의 전부를 걸고 바위에 차린 살림
숱한 날을 모질게 붙어 새끼들에게
물 밑에서 살아가는 방법을 익혀 준다.
돌에 붙은 이끼가 유일한 식량
서로 나누며 한평생
오체투지로 옹동거리며 산다
물밑의 삶, 더디어도 포기는 없다
자신이 품은 색으로
물빛을 변화시키는 올갱이
삶이란 내 안의 색채를 드러내
주위를 변화시키는 것
나무도 그렇고, 풀잎도 그렇고
개울가 올갱이도 그렇다

기억의 재구성

비비추 가득한 텃밭 사이
자귀나무 그늘 앙상해도
잊혀질 리 있겠는가
간이천막에 시드는 양파며 감자를
기억하며 운다

땅이 소리죽여 울 제
서슴없이 스러지는 목련화피
꽃잎을 놓치기 싫은 나무
가슴으로 운다

이파리마다 목이 마른
풍각쟁이로 운다
시든 제 몸을 부풀려 안고
맴도는 허공
흐르는 눈물 안고 하루를 잘 살았다

꺼이꺼이 뭇짐승들 외는 소리
자박이며 젖어 드는 물길
새벽에 듣는 이 소리가 나는 좋다

이런 날이 왔다

사람이 존귀한 세상에
사람이 대접받기 어려운 세상이 왔다
친척 집에 가는 것도 민폐이고
결혼식에 상갓집에 가는 것도
민폐가 되는 세상
날마다 달마다 이리 사는데
제발 년년세세 그러지 않기를
우울이 넘치는 요즈음
새삼 개들이 위대해 보인다
2m의 목줄에 묶인 채 끊임없이 짖고
꼬리를 흔드는 행동이 대단하다
혹시 나는 어떤 목줄에
묶여 있나 따져 본다
몇 푼 안되는 월급에 묶이고
동호회에 묶이고
함량 미달인 건강에 묶이고
찾아보면 너무 많다
사실 중요하게 묶이는 게
더 있는데 양심이 걸린 문제라
차마 못 적겠다

이끼의 노래

난 돌아눕지 못한 채 평생을 산다.
낮은 자리에서 태어나
낮은 자리에서 생을 마감할 거다
나무처럼 크지 않으니
멀리 바깥 구경 한 번 못했다
그저 딱딱한 바닥에 붙어
넉넉한 곡기 없이 버팅기는 중
비가 내릴 때까지 참고 참았다가
마른 맨몸 벗어나곤 한다
아침저녁으로 이슬이 내리면
한 모금 목을 축이듯
급식센터가 나를 살린다
근근이 허기를 지우는 하루 한낮
내 일상이 그렇다
포기하지 못하고
무심한 바위를 붙잡고 있는 나
바위는 선사시대부터 있었다

자연놀이 1

나뭇잎은 모두 동그랗기를 원하지. 볼살이 팽팽하게 지구본을 닮았어. 네 박자로 돌며 세상과 공연을 펼치는 날, 상제나비 날아간다. 쉬땅나무 꽃버무리 주변에서 윙윙 날아 보지만 나비의 구애를 받지 못하는 호박벌 호젓한 길은 달팽이의 몫 버림받은 길을 닮고 있다. 이미 수명을 다한 벽보 위에 검은 사내가 새 옷을 입힌다. 날아가던 까마귀가 힐끗 쳐다보며 운다. 공연이 임박했다는 뜻, 나비 복장을 한 연기자 긴 호흡으로 객석을 의식한다. 오늘도 매진. 무대로 다시 등장하는 사내, 이빨로 절단한 테잎을 팔뚝에 붙여 놓는다. 인생은 여분이 필요하므로 무대 위에서 침묵하는 긴장의 시간. 마주 오던 호박벌이 스쳐 지난다. 여행은 짬짜미 달콤하므로 달팽이는 불만이 없어 보인다. 저도 지금 가면을 쓰고 가는 중이란다. 나도 숙제를 풀어야 하는데 다하지 못하고 갈 것 같다. 나무의 가면 벗는 소리 낙엽으로 진다.

자연놀이 2

　빗물에 젖은 바위의 말은 눅눅해. 잘 알아 듣지 못
해 귀를 쫑긋 세우지. 벽소령 뒷길에 새긴 고대문자는
에움길이야. 누가 봐도 직설적이지. 사람주나무 앞을
지나는 길에 봤어. 잎잎마다 빗물에 바록거리지. 나를
흉보는 거 같아 머리를 숙이며 걷는 지리산. 그늘흰사
초가 문장을 이어주네. 며칠 전에 초록담비가 다녀갔
데. 구융젖을 빨며 자라던 구석바치였는데 말이지. 너
럭바위는 늘 비틈허지. 사득다리도 안다니깐. 산벼락
을 맞은 이후로 살님네가 생겼다하네. 보득솔도 알고
보드기도 알아. 지리산에 소문이 빠르거든. 두 사람
은 너럭에게 약속했대. 고주박이 되도록 길을 걷자구.

자연놀이 3

깐깐오월이 지나고 말았네. 농사철인데 깔딱낫 한
번 제대로 쓰질 못하고 말이야. 그래도 신은 그느려주
지. 채마밭은 굴타리먹는 중이야. 돌담너머 고욤열매
요염해지고 대추나무 시집가려 해. 둥근 맵씨가 아련
하거든. 와서 한 번 맛보시련. 두 시간 반이면 오잖아.
바장거리지 말고 저질러 봐, 엉너리는 나무들이 싫어
해. 산책에 나서는 순간 당신은 해방이야. 알면서 모
른 척하는 건 바위가 최고지. 가끔 당신은 모르면서 아
는 척하잖아, 사물의 윤곽만 가지고 말이야.

자연놀이 4

깊은 산 속 오입쟁이나무 한가한 날은 솔지기의 틈
새라도 내남없이 서덜길을 쏘다닌다. 뗏자리를 보려
는지, 눈빛이 갈매되어 온새미로 놓이는 저녁이다. 잎
은 잎대로, 줄기는 줄기대로, 마주 보고 마주하며 다
솜을 곰비임비 쳐나간다. 나비잠이나 말뚝잠이나 잠
들기는 마찬가지. 시나브로 늙는데 앞뒤가 있겠는가.
풍락목이 되어서도 눈빛 변치 않으리니. 오야, 자네
끼었던 가락지 빼지나 말게.

자연놀이 5

나무 열매가 떠나기로 마음먹는다. 사람의 생리주기도 여행이 필요하듯 나무도 생의 전환을 꿈꾼다. 그동안 바람에게 수없이 받았으며 자드락비에 화들짝 움츠리기 몇 차례. 주변 나무와 서로 한무릎 공부하며 책거리도 어제 마쳤다. 자곡자곡 모두 챙길 수는 없으나 주변에 친구들에게 눈인사 중이다. 물모루 마주 앉아 낯빛 비춰 보던 시절을 이제 추억할 터이다. 자개돌 집어 물수제비를 떠본다. 지난 세월이 돌을 타고 윤슬을 건너간다.

2 ^부

그녀의 공간

그녀의 공간

풀숲 위에 놓인 터마다
밤새워 새긴 언어

몸의 혈청을 뽑아
별자리 운행을 새긴다네

떠나온 행성 잊지 않으리
품었던 씨앗 잊지 않으리

가슴에 새기며
가슴에 품으며

새벽이면 도드라지는
그녀의 언어

나 여기 있어 님을 그리네
무작정 님을 그리네

마디마디 더듬어 살을 품네
마디마디 더듬어 길을 내네

꿈

그녀는 이미 죽었다

최초로 느낀 청춘이 마중물로
펌프질을 하는 순간

'버려진 책은 바다를 흠모한다'고
말하는 그녀

무성한 가지마다
후덕한 과육은 철새의 차지

세월의 도끼질은
그녀를 만신창이로 배분한다

그녀의 상처에선
지금도 파도소리 들리고

갈매기, 주변을 맴돈다

따스한 봄날

한 번 실패했다고
짜투리 인생이라 여기지 말자

설령 두 번 실패했어도
그녀에게 솔직하게 말하자

난 정말 잘 할려구 했다구
그녀가 토라지면
올챙이처럼 기다리자

나의 점프를 보이려면
뒷다리 나오고
꼬리 사라져야 한다

개구리가 재기하려면
봄볕이 따가워질 때까지
기다려야 한다

다시 세상의 들섶
거침없이 뛰려면
기다려야 한다

봄 길

나부끼는 깃발은
봄빛의 꽃차례

타오르는 모닥불은
소녀들의 노랫소리

산등성에 우는
뻐꾹새 소리

나방으로 날고
별빛으로 날지

너의 꿈도, 나의 꿈도
바람소리에 길을 내지

모든 영혼은 소리로 날지

잊혀진 순간들

그녀가 있는 곳은
가방에 잠든 빛바랜 편지

한때 촛불을 벗 삼아
보내던 수줍은 단어들

지금도 문장마다 검팽나무
그늘로 어른거리지

돌아온 편지는 묵은
낙엽으로 쌓이고

기억은 어렵게 찾아와
나를 부르네

가끔 붉게 찾아와
난 노을의 문장을 읽네

차마, 1

그대 어떻게 사냐고
안부를 묻지 못하네

그 길이 험해서가 아니야
내 맘속으론 분명
그대를 보내지 않았거든

경주에서 나누던
별자리와 쓸쓸한 마루 난간
부싯돌고사리와 함께 흐르던 여울

이슬이 눕고 개암열매 고개 숙이는
용담교 너머
세상으로 흐르는 물줄기

한 모금 나누던 맘자락
아직 흐르는데
나 여기 있는데

가는 길이 험해도
나만 잘있다고
쉽게 말할 수 없어

차마,
그대를 보고 싶다고
말하지 못하네

차마, 2

물살이 흐르는 이랑마다
그대 눈빛 아슴허네
초록 눈물이 머무니
붉어지고

붉은 여울
쪽빛에 어른거리네
낡은 나뭇잎 배
빈 몸으로
노를 젓는데

물결을 여는 동안
내 맘 전하지 못하였네
노랑할미새 꼬리
까닥이는 동안이었네

입술의 향기

살다 보면 이사를 다닌다.
이유야 저마다 다르지만
우리는 터전을 간혹 바꾼다.

서식지를 안전하게 두려는 동물적 감각
살다 보면 다투고, 서운하고 아쉬움이
남는 흔적이 사는 곳마다 있다.

떠돌며 가장 섭섭한 건
추억의 공간이 사라지는 것
또한 포기해야만 하는 미련도 얼마나 많은가
세상이란 떠나는 길을 늘 염두에 둬야 한다.

사는 동안 지상의 가치는 뭘까?
생을 다하는 날까지 고운 말을 해야 한다.
전달하는 말에서 꽃향기가 나야 한다.

이것이 살아있는 날에 최고의 미덕이다.

널 위한 문장

멀리 가진 않아
내 숙은 집착은 후숙이 되어가는 중이지
주변과 상관없이 하루를 시작해
고민이라면 이거지

익지도 못하고 떨어지는 도사리 문장
함량 미달의 문장 말이야

돌탑엔 고민이 쌓이지
신념에 찬 기울기의 경도는 숙명이야
다 보듬고 가려 해
자연 씨앗은 너를 낳을 준비를 마쳤어

정착하는 햇살 문장들
10월의 터널 안에서 곰삭고 있어
부드러운 껍질 흙에서 기다리지
봄이 오면 새 움이 돋을 거야
멀리 가진 않아

오랜 시간을 기다린 후

봄부터 심은 국화는 잎을 보며 색감을 떠올리고
향기를 가름한다.
이렇게 몇 달이 지나자 지치고 지겹기까지 하다.
어떤 이에게 국화 모종을 주려 하니 거부한다.
왜 그랬을까?
국화를 키우며 해답을 찾는다.
봄부터 가을까지 국화는 사람을 지치게 만든다.
꽃의 생리를 달리할 수 없어 기다릴 수밖에
하여 나는 생각을 바꾸기로 한다.
국화는 꽃을 보는 것이 아니라
잎을 보는 꽃이다.
이리 정하고 화분을 바라보니
국화잎이 하나하나 생생하게 보인다.
일상의 즐거움은 찰나가 아니다.
꾸준히 곁에서 보고 느끼는 게다.
내 곁에 있는 사물이나 곤충
모두 선선하게 볼 일이다.
하물며 사람이야 말해 무엇하랴.

민들레

봄바람 만나려
키를 키운다

씨앗 둥글게
날개 둥글게

둥근 바람
맞이하는 민들레

바람이 어디서 불던
그를 따라 나서는

신혼여행

다가오는 미래

간만에 여사친들이 찾아와 양념 마늘을 빻는다. 능숙하게 처리하는 외산댁 한 바닥 두 바닥 잘도 넘어간다. 미래에 다가올 삶의 순서에 대하여 논하는데 요양병원이 좋다느니 함께 모여 사는 게 좋다느니 이런저런 이바구 청라댁 잘도 넘어간다. 주거니 받거니 세월의 페이지 잘도 넘어간다. 서로 허리가 휘었다고 걱정하면서 오랜만에 먹는 김밥과 고구마 호로록 호로록 광숙언니 잘도 넘어간다.

보듬어 보자

난 말이죠. 놓치고 산 지 제법 돼요.
의미의 의미 말입니다. 단순하게 살고 싶어요.
주어진 일이나 슬슬 하면서
몽유의 쾌락에 젖으며 말이죠.
쪼잖하면 어때요. 나면 편하면 되지.

시류의 물결을 유여하게 타며 한 세상 사는 거죠, 뭐.
헌데 밤에 시골길을 걸어보니 별별 생각이 다 듭
디다.
내가 걷고 있는 자그만 밭고랑에
한여름의 고난을 견디며
살다 간 깻잎들이 손에 잡히는 느낌이 들어요.

작년 여름에 초록의 향기와 친했거든요.
지금은 뿌리만 땅에 두고 달빛에 누웠어요.
살처분 당한 모진 목숨으로,
억울한 목숨을 대변하는 목소리로 들려요.

전 이미 너무 놓치고 살아서 할 말이 없습니다.

붙이지 않은 편지

우리 동네에서 2킬로만 벗어나면 배나무밭이 있어요. 2백평 남짓인데 배꽃이 필 때면 윙윙대는 벌들 소리가 요란하답니다. 허나 지금은 봄이 와도 꿀벌들이 귀한 존재이지요. 농부가 짬짬이 붓을 들고 배꽃의 중매를 서곤 해요. 어쨌든지 수박만 한 배불뚝이가 되라고 축원하는 농부의 바람에 배꽃은 부끄러워 수줍고, 민망한 바람은 스치듯 지납니다. 수확이 끝나고 겨울을 지나는 동안 나무는 노란 봉투에 편지를 매달고 있지요. 최소 500편은 됩니다. 내가 보기엔 비에 젖은 얼룩 같아도 배꽃의 향기와 배즙의 육성이 녹아든 서툰 글씨체로 자신의 이야기를 전하고 있다는데 누가 있어 저 붙이지 않은 편지를 볼지 궁금하네요.

나방일기

아무도 주목하지 않은 공간에
집 한 채 올렸어
난 혼자일 때 내일을 꿈꾸지
작은 가지들 불러 모아
한겨울 나는 거야
헛간에 매달려
따뜻한 날을 기다리는 중
난 누구도 찾지 않는
외로운 존재
100일 독공의 정진
침잠으로 지내는 동안
비로소 날개 한 쌍 마련하지
날개는 詩도 되고, 美도 되어
서툰 악보로 시절 미학을 노래해
나의 노래를 듣고 싶으면
초록이 풍성한 숲길로 오시게
그동안 간직한 외로움
털어 버리게

3 ^부

참, 우습지

떠난 자의 회상

기다리는 날은 멀지 않았다

도도새가 남긴 발자취
숨결이 스러져 싹틔우지 못한 꿈

더디게 더디게 걷던 그림자
먼나무 그늘로 사라진 지 오래

붉은 열매, 나무마다 맺혀
새의 날갯짓으로 포득 거린다

바람이 불 때마다 난 알아차린다
나무가 날지 못하면서 날아가는 걸

도도새 날지도 못하면서
날개를 포기하지 않은 세월

숲속에 보이는 도도새를 닮은 나무
그 품에 안겨 나도 도도새가 된다

당신은 가진 자

현장에선 무조건
쉴 수 없다 일침을 놓네

견디다 견디다
힘없이 무너지는 나날
버팅기며 보내는 하루

박스 곁에서 숨 고르며
지친 육신을 잠시 쉬네

이미 팥죽이 된 몸
봐주기 바라지 않고

그저 욕먹기 두려운 순간
가진 자 웃으며 내미는 새참

허겁지겁 받아먹네

지천명

고백하건데 언제나 내가 품은 생각은
누런 황금을 거침없이 차지하는 거였다
막연하게 언젠가는 꼭 차지하리라는
믿는 구석이 구름 위로 지금도 떠돈다

내 안에 든 수많은 돌멩이가 나를 지탱하는
찰진 뼈인 줄도 모르고
나는 황금에만 눈이 어두워 거리를 헤매인다
물기 빠진 뼛조각 겨우 잇고 다니면서도
아직도 청춘인 줄 알고 푸르른 시절만 떠올린다

하늘을 이해하는 나이임에도
땅속에 얽매여 정확히 말하면
자본에 눈이 멀어 둥근 것만 주변에 담았다
나를 옭매는 포박이 여기저기 바람결에 흩날린다

이제 이 노릇을 어찌할지 지금 고민 중이다

걷는다

서로 만나면
우선 음식을 나누고 주변을 걷는다.
골목길을 벗어나 사과나무가 서성이는 곳까지

처음부터 통하는 사이가 어디 있겠는가
보이는 긴장을 풀고 나누다 보면
친밀한 에너지가 시나브로 감싸는 거다.

많은 이야기로 이어져도
의식이 통하지 않으면 서먹하다.

서먹한 질량감은 인간관계의 숙제
나를 먼저 풀어내는 작업

이것이 마음 밭의
바로 걷기라고 믿는다.

건너 건너

쇠란 놈은
두들겨 맞을수록 단단해진다.
그것도 온몸이 붉게 익어
망치로 무수히 맞아야 가능하다.

단단해진다는 건
현장에서 온몸으로 견디는
뜨거운 서사

우리네 생활도 그렇다.
많은 이들이 건너 건너
산과 바다에 드는 이유는
마음이 억눌리고 답답할 때다.

우연히 자연의 품에 드는 것도
살면서 건너 건너 내면의 상처
자신을 이끌기 때문이다.

참, 우습지

　털복숭이 벌레가 하루는 수목원을 놀러갔지비. 그는 촌에서 상경한 후 이리 참한 이파리는 첨 봤거든. 근래에는 더더욱 잎에 대한 향수가 절실했드래. 잎에서 나오는 달콤한 냄새에 그만 막차를 놓친거야. 오마나! 차비도 넉넉하지 못한 처지에 털복숭이 일났네. 사위는 저무는데 자신의 처지를 망각한 여유에 후회를 하며 수목원 숲길을 계수나무 그림자 길게 더듬어 나오는데 멋있는 스포츠카가 서더래. 나가는 길이니 태워주겠다고. 내심 팅구며 탔지. 자슥 미모는 알아봐가지구. 한참 시내로 달려 나오니 네온사인 번쩍이는 밤이 된 거야. 자기가 배가 고프니 뭘 좀 먹자고 하대. 같이 잎을 먹으며 서로서로 사는 처지를 비교해봤지. 이 녀석은 이제 물속으로 돌아갈 친구더군. 나도 곧 고치가 될 거라고 말했지. 자기는 복자기에 반했대. 선홍빛을 온몸에 바르느라고 늦었다는 거야. 우린 쉽게 친구가 되었지. 길을 잃어도 가끔 찾아오는 행운이 있다고 고백하는 거야.

조화로운 사이로 거듭나기

오래된 뼈마디가 차분히 누워
바라보는 깊은 공간
밀폐된 공기가 압축되어
지나온 세월을 반추하는데
살아온 사연은
누구나 의미가 있으니 묻지 말라
머무는 곳마다 사연의 꽃이
해마다 피질 않더냐.
삶의 질문은 나 아닌 내가
유골로 벌써 자리하고 있다는 거다.
아직도 이승과 저승사이의
거리가 멀다고 느끼시는가?
저승사자가 오기 전에 베풀지 못한
인연을 찾아서 나누고 나누며
서운했던 감정들 모두 풀자.
이렇게 풀어야 들녘에 풀이
더욱 푸르러지는 거다.

욕망이윤 1

모두 남기로 하자. 정해진 상식은 잊고 자신의 위치
에서 활을 쏴라. 방향이 어딘지는 각자의 몫 궁극의 목
표는 꿀을 취하는 거, 타인의 목줄은 내 탓이 아니다.
우린 서로 슬픈 가면을 숨기고 웃을 뿐, 어릴 때부터
지켜온 질서에 빠지며 탐닉의 인장을 찍는다. 거리마
다 넘치는 인정욕구에 취해 변해가는 선망진화. 때로
는 동떨어진 이유를 묻지 말라. 앞만 보고 걸어라. 기
득권의 요구는 감각에 함몰하여 대충 사는 거다. 삐딱
한 시선은 모두 남아라. 가진 자에게 보탬이 안되니,
도태의 순환선이 기다리고 있다. 자, 준비. 탑승 완료
무료전철 순항 중

욕망이윤 2

바벨탑이 무너진 후 인간은 순해졌다. 겉으로만 순해진 인간은 주변을 못살게 괴롭힌다. 신으로부터 당한 왕따 이후 풀지 못한 마음의 결절. 선지자의 화두는 사라지고 오욕만이 최고의 경지로 춤추고 있다. 버려진 군집의 욕구는 미망에 빠져 틈틈이 발작을 일으키는 중이라 먹이로 유혹하며 달랜다. 보이지 않는 끈으로 목줄을 삼아 풀었다 묶었다 줄놀이를 즐기는 가진 자. 가진 자의 욕망 욕구에 길들여진 승냥이들. 오늘도 밀실에서 전략회의 들어간다.

흔적의 힘

겨울이 오면
나뭇가지마다 드러나는 엽흔
저마다 일몰의 온도가 담겨 있어
잔가지마다 나무의 체온을 유지한다

한때 무성했던 나뭇잎 다 떨구고
뼈마디로 남은 나무의 뒷모습
바라볼수록 생생하게 나무가 걸어온 길
내 가슴에도 새겨져 있어

호흡을 할 때마다
나의 지난날이 드러난다
흔적은 상처로 남고
아픔에도 온도가 있어

나를 지탱해주는 기운이
여기에도 있음을
나무의 모습에서 느낀다.

물컹한 관계

지인들이 마주 앉아 이 말 저 말을 풀다
자식들 이야기로 넘어간다. 한참 콩타작을 하다가
문득 한 친구가 말하기를 "자식 이야기를 할 때가
가장 기뻐" 나보고도 이야기를 해보란다.

나는 순간 멈칫한다.
신호등도 없는데 보이는 빨간불
저들처럼 자식 자랑을 해야 하는데
헤어져 산 나날들이 많은지라
갑자기 나는 언어의 향방을 잃는다.

아니, 할 말이 없다.
자식 자랑이라.
혼자서 깊은 동굴 속으로 빠진다.
나는 언제쯤 자식 자랑을 할 수 있을까?

바위가 스러져 꽃잎이 되면 가능할까.

진실한 무엇

매화가 뒷 곁에 소담히 피는
이유가 있을 터지요.
꽃샘추위를 이겨가며 견디는
매화 곁에는 저런, 어디서 왔는지
작은 덤불 숲 사이를 어른거리는 뱁새
할매는 호미 들고 한 모숨 김매러 갈 때
앞서거니 뒤서거니 따라가네요.
십여 년 전 떠났다는 손자의 안부
누구한테 물을 길 없어
장독대에 빌고, 대문간에 향 피워
무사하기를 빈답니다.
매화는 우짜던지 일찍 피어서
할매의 근심을 덜어준대요.

보자기의 꿈

들녘에 나락이 지고 나면 아이들이 찾아와 꽃을 피운다. 들꽃이 스러진 자락에 몸 누위고 몸으로 스러진 꽃의 잎사귀와 색색의 조화를 보자기에 담아 향기를 짓고 있다. 북마대왕이 찾아와 칭얼대도 아랑곳하지 않고 대나무 세워 볏단 성을 쌓는다.낯설어하는 볏집들 끌어모아 새끼도 꼬고 닭벼슬도 만들어 휘휘 날린다. 여기까지 선생님 보자기 풀어 이야기 한 섬 풀어 놓으셨다.

아웃사이더

나는 찔레꽃머리에 태어났다
혼자 놀기는 빗방울, 시냇물
흐물한 땅바닥과 만만한 게 벌레다
벌레를 보면 우선 먹을 수 있나
없나를 판단하여 잡는다
메뚜기, 미꾸라지, 다슬기
민물조개가 일순위이다
5학년 때 1년을 쉬는 동안
동무들이랑 쏘다니는 서리 마실
영산강변 나주벌 밭고랑과 자갈밭
온종일 한 무리의 철부지들
청보리, 왜무, 땅콩, 참외, 수박
특히 청보리는 단을 통째로 태우고
과실나무와 밭에 있는 건 모두
서로 나누며 쪼개 먹는 맛이 좋았다
그 시절 싱싱한 날 것이 그립다.

성질 죽이기

살다 보면 품은 생각이 각이 진다. 처음부터 내 곁에 두었던 성깔머리가 이리도 괴팍했을 리는 없다. 묵혀 두고 생각을 돌리다 보면 빛이 굴절되듯이 생각도 머리가 있어서 속도를 내기 시작한다. 가지런한 산가지가 흩어져 마음을 심란하게 한다. 떠도는 잡귀라도 붙잡아 푸닥거리를 해야 하나? 마음이 갈피를 잡지 못하고 혼미해진다. 살면서 중심 잡고 살기가 참 어렵다. 재질을 탓할 수도 없고 그렇다고 마음대로 재단할 수도 없다. 아직도 젊은 탓이라고 말하기엔 꽉 찬 나이, 성질머리 더럽게 살아온 걸 후회한다. 세상이란 어쩌든지 조화롭게 살아야 되는 걸 나이 들어 느낀다. 칭칭 동여맨 모난 생각들 훌훌 털고 순일하게 한 번 더 양보하며 살 일이다.

타산지석

콩짜개덩굴은 날마다 달마다
걷기를 원한다.
다만 욕심내지 않고
자신의 잉여를 포기하고,
잎잎마다 서로 나누며
평생을 보낸다.
비었으되 구걸하진 않아
가물면 목이 마른 채
자신의 몸통이 시든다.
땅에서 버팅기며
나무에 앙바틈하게 의지하며
먼 길을 가자 한다.
단지 걷는 걸음이 더딜 뿐
콩짜개가 가는 방향은
누구도 모른다

4^부

동학이 부른다

영동 물안리에서 몇 시간

120년 된 호두나무 성성한 그림자
낮은 돌담에 비치는 사이
유혈목이 땃땃한 햇살에 미동도 않고
초피나무 향기 맡고 있더라
호두나무 가을 햇살에 설풋 졸리운데
초피 열매 한껏 벌어져서는 검은 선글라스
착용하고 앳띤 솔이끼 꼬셔볼 양으로
자꾸만 초록 돌담을 기웃거리더라
바람이 수르르 수르르 불 때마다
호두 열매 하나 툭, 잘 익은 붉은 감도 툭
수줍어하는 대추낭자도 투드둑 투드둑
치마 겉단, 솔기 뜯어지는 소리
유혈목이 꼬리 감추고, 초피 열매 선글라스
벗겨지고, 솔이끼들 웃는 소리 돌담에 쌓이더라
돌담마다 가을을 기록하는 댕댕이덩굴
무딘 돌멩이 달래가며 온몸으로 적어 나가는데
툭, 투둑 열매 떨어지는 소리
저마다 무게감이 있더라.

동학이 부른다

이 땅에 어느 구석이든
진지하게 뒤져보아라
핏빛 낭자하게
너의 애비는 죽어
두엄은 거기 있었더니라
새날이 올 때까지
백산에서 우금티까지
애비는 죽창을 들고
재를 넘었더니라
지금도 들리지 않느냐
조총의 날랜 총알에
주문을 외우며
자식의 이름을 부르며
산화한 너의 애비
강산이 아무리 바뀌어도
역사는 바뀌지 않는다
포기하지 말라
애비의 죽음은 가난한 나라에
태어나 포기하지 않는
가장의 징표였다
보아라
역사의 현장에 피고 지는

진달래의 말 없는 흔들림
네 애비의 현신 아니더냐

바위 틈에 자라다

오랜 세월 나무는
빈약하게 버티어 가지
그렇다구 빈한한 건 아니야
풍족하진 않아도
운무 사이를 걸으며
숲속 대장 노릇도 하고
풀꽃 이름을 지어주기도 해
여뀌, 오줌, 의장풀
인석들 성도 각각이야
개, 여우, 닭
성들도 웃기지
나무는 솟바위 틈에서
여우와 노루들 불러서 놀지
저길 봐, 바위를 안고서
술래잡기를 하잖아
반달곰, 사향노루, 붉은여우
모두 바위의 어깨 너머로 숨었어
나도 이제 숲에 들어 나무와
술래잡기나 해야겠다.
흠, 가위를 낼까? 보를 낼까?

카페, 모시는 사람들

용산에서 전철로 도착한 용문
키 작은 용이 나를 기다리네
아무리 찾아도 비늘 보이지 않고
아무리 살펴도 사슴뿔 보이지 않아
용의 허리인지, 발톱 사이엔지
품에 안겨 도착한 연수리
은하에서 왔다는 동그란 행성
지상에 머물며 맺지 못한 우리네 사랑
미르 미르 보듬어 주는 곳
산속의 족보들은 늑대도 되고
이리도 되어 밤의 행성을 노래한다네
꿈꾸는 자만이 태극오리가 되고
나누는 자만이 모시는 한울이 되네
백오염주 지하에서 왔다는 처녀 연수
바위틈에서 꺼낸 악기로 은하를 연주해
새벽마다 이슬 소녀 내려와 춤추는 운무
안개꽃으로 피고, 자귀나무로 피네
용문의 이무기와 까치살모사
가끔 찾아오는 날 지평의 막걸리 들려서
실개천의 미꾸리, 빠가사리 안부를 묻네
꿈의 씨앗이 영글어 갈수록 블랙커피와
책의 무게는 깊어만 가네.

사회참여

살면서 사회의 일원이 되는 게
어렵긴 어렵다.
지인과 밥을 먹는 자리에서
나는 꽃 사진이 나온
달력을 구하기 어렵다고 말한다.
숫자만 크게 보이는 달력은
뭔가 중압감을 주기 때문이다.
숫자만 나열한 달력
아랫부분인 광고문구는
잘라낼 거라고 말한다.
그러자 지인은 저 달력은
그게 있어야 생명이란다.
달력을 만든 사람의 입장을
스치듯 말하며
김치찌개를 후르륵 마신다.
난 다시 한번 달력을 쳐다본다.
광고문구가 더욱 선명하게 보인다.
나도 덩달아
김치찌개를 후르륵 마신다.

초록보리와 아이들

보리는 척박한 땅에 자리한 이후
줄곧 겸허하게 산다.
서릿발 추위에 뿌리가 목이 말라도
견디는 이력이 있다.
참는 모습은 엄마를 닮았다.

초록보리가 기운이 빠질 때쯤
아이들이 우르르 몰려와
지르밟는 보리밟기 도란거리는
이야기 소리에 보리는 기운을 내고
아이의 차가워진 발을 엄마는
잔소리하며 씻긴다.

'어데를 그리 싸돌아 댕깃노
문디이 자슥아
지 애비 쳐닮아가 하는 짓이 영판이다.'

얼라들은 그래도 웃는다.
착한 일 했으이
초록보리도 한 소리를 들으며 웃는다.

외침

보은 북실마을에서
수철령 고개 넘어 북암에 이르면 속리산자락
동학 때 죽임을 당한 7인의 암매장지
아직까지 이름도 모르고 나이도 모른다.
일본군의 칼에 찔리고 총에 맞아 죽었다.

모질게 추운 날 수철령 고개 넘기도 전에
2,600여 명이 몰살을 당했다. 피난 온 가족은
늙은 부모와 어린 처자식이 함께였다.
전국에서 벌어진 동학쟁이의 죽음은
칼바람 속에서 핏빛으로 스러진다.

의로운 죽음은 뼈까지 불태워졌다.
산등성을 지키고 있는 맨발의 나무를 보며
무언의 외침을 듣는다.
잔가지 사이 바람이 그냥 부는 게 아니다.
동학 때 이야기다.

동네 어르신이 이르기를

집이란 모여 살되
나무 키보다 작게 지어야 한다.

집은 사람의 보호를 받는 게 아니라
나무의 보호를 받는 거란다.

살펴보면 집의 근본이 나무이니
살아있는 나무의 할아버지 정도 연배이다.

결국 나무는 조상을 받들며
무게 중심이 흔들리지 않고 살아가는 게다.

사람은 나무 그늘에 살아야
옳은 그릇이 된다고 하신 말씀
나이 드니 이해가 된다.

여유를 찾는다는 거

일상은 접고 배낭을 꾸린다.
어제 먹은 삼겹살이 아직
체류 중이다. 나를 따라가려나 보다.
마무리 짓지 못한
일이 널브러진 옷처럼 산만하나
그거 다하다가는 평생 잡혀 있을 게다.

옆에 있는 짝지는 마주 보는 사이가 좋다.
산을 오를 때 장갑을 벗고
맨손으로 손을 잡을 거다.
가파른 고개에선 등을 받쳐 줄거고
오르다 오르다 지치면 바위에 앉아
거친 호흡 내리며 술 반 잔 나눌테다.

감정이입

산속의 돌이 순발력이 좋다는 건
곡괭이로 산길을 내면서 처음 알았다

이때까지 내가 보고 만진 돌은
바람이나 물살에 잘 다듬어진 돌
도시 벽면에 매끄러운 대리석
혹은 오석으로 다듬어진 시비

흙속에서 온몸을 담금질하는 돌
수천 년은 기본으로 견뎌온 돌
시간의 상처로 단단해진 돌
몸의 일부가 상하면서도
자신의 상처를 보듬는 돌
돌의 상처를 만지며
내 안의 잠재된 상처를 보듬는다

그리고 나는 무엇으로 기본을 이루는가
나의 나된 바를 돌아본다.

겁내지 말고

혹시 말이지 이런 생각이 든다면 말이지.
사는 동안 나는 깨끗하게 살았다고
속으로만 생각하자 그 말이지.
누군들 정갈하게 살고 싶지 않았겠어
살다보이 억척도 부리고 용심도 쓰면서 사는 거지.
삶의 기준이 있는 듯이 떠들면
나의 가치가 올라가는감?
원래 인생은 낙엽처럼 시들며 단풍 드는 거잖소.
이제 나이가 있으이 아량을 먼저 가져야 혀.
다 챙겨야 만족한다면 옆사람이 얼마나 경계하겠어.
허니 겁내지 말고 먼저 양보혀.
다 똑같이 단풍 들고 시드는 과정인디
뭘 그리 섧다 하리까.
칭칭 동며맨 내 안의 욕구
이제 놓아주고 평지로 돌아가야지.
높은 산이 아니라 낮은 구릉에 이르러
얕은 무덤으로 나는 갈 거야.
속으로만 쬐금 깨끗하게 살았다 말할 거야.

상호보완

물이 흐르는 곳을 바라본다.
수천 년 흘렀어도 지금도 흐르는 강물
나는 멀리서
가마우지가 적시는 발로 대신한다.
예전부터 발을 담그고
생활의 터전으로 살았을 가마우지
난 발만 담궈도 이미 온몸이 젖어온다.
추위가 엄습한다는 말이다.
홀로 있어도
품위를 잃지 않는 새의 위상
혼자이나 초라한 게 아니라 당당하다.
강물에 살려면
당당해야 물살이 받아준다.
몇 천 년을 지켜온 물살이니
어찌 보면 가마우지가
강물을 지키고 있는 것이다.

고행의 색깔은 흰색이다

그는 동지들과 강원도 인제 골짜기로 숨어들었다. 맨 처음 출발은 시베리아 지나 흑룡강성에서 성장하였으나 그때는 코흘리개로 아무도 주목하지 않았다. 북풍한설에 몰려다니며 수수팥떡 얻어먹는 게 유일한 낙이었다. 신발은 홑겹 광목천 겹대어 만든 걸로 만이천 리를 걸어서 왔다. 모두들 고향이 어디인지 묻지 않는다. 겹겹이 둘러싼 수피를 보면 안다. 거제수와 더불어 생사를 넘은 동지이니 말이다. 백두산자락 오르내리며 발에 동상이 도져 오른쪽 엄지발가락을 잘랐을 때, 주변의 나무들이 하나같이 안쓰러워했다. 특히 사스래나무는 지금도 바람만 불면 가끔 오열한다고 한다. 자작은 자라 옆 동네 처자에게 장가들었는데 그때 나이 13살이었다. 친구들끼리 모여 있으면 흰 수피가 눈에 띄게 빛나며 수피를 벗길 때마다 중대백로의 울음소리가 들린다.

호젓한 침묵

지울 수 없는 나날이 있다. 살다 보면 불편한 관계와 홀로 고민해야 하는 나날. 마음에 없는 말을 기어이 하고 마는 졸렬함이 상존하는 현실에 나를 쥐어뜯는 밤, 내 마음은 나로부터 버림받았다. 허공을 날아가는 묵은 동양화의 기러기로 날고 날아도 도착지를 찾지 못하는 내 마음이 있다. 포근하게 다가오는 이 봄, 넌지시 손잡아 주는 다른 한켠의 마음이 있다. 실수도 할 수 있음을 인정하고 기다려주는 또 다른 마음이 있어, 매화나무에 매화꽃이 피고 살구나무에 살구꽃이 피는 게다. 내 마음은 그런 의미에서 버림받지 않았다. 헤매는 자의 고민은 어디에나 있는 법. 오래된 단지에 절여놓은 김치처럼 마음이 숙성되어도 좋겠다. 밥상에 함께 모여 묵은김치 나누면 저민 상처도 스러질 터이다.

이동하는 족속

멀리 날아가지 못한 족속은
이소의 당위성을 잃었다.
떠오르는 핑계거리는
물결의 파문만큼 수두룩하니
물속에서 고개 들기 미안타.

어미새의 담백한 이야기는
물의 이끼가 되었고 집 떠난 자취만이
물빛 그림자로 어룽거린다.

시조새의 부조가 발견된 이후
드러나는 울음소리는 단층으로 채색되어
철새는 해마다 바위틈에 깃든다.

어디서든 살아가는 이유가 있기에
보이지 않는 무망의 가치에 깃발을 꽂는다.
철새는 철새대로 나는 나대로
은둔하는 이유가 여기에 있다.

풍경화에 들어

자네, 너무 멀리 떠나진 말게
흩어진 나날 추스려
내 안에 둔지 얼마나 오래던가.

산새들 포르르 포르르
한 점 먹이를 구하는 자리
잔가지에 붙은 눈포래
덩달아 날아가네

고요한 싯점에 들어야
느끼는 눈맛이 나듯
빈자리 드러나니
도드라지는 당신의 품
멀어도 늘 존재하나니

자신의 소중한 가치 잊지 말게
당신이 있어 누구도
덩달아 날아오른다네

5^부

씨앗의 영혼

카톡에 보이는 자모의 세계

ㅎ.ㅎ.ㅎ
나의 품을 찾아온 씨앗언어
ㅡ.ㅡ.ㅡ
마음밭에 풀을 뽑고 돌을 고르며
ㅣ.ㅣ.ㅣ
연장을 들어 씨앗 언어를 심는다.
ㅁ.ㅁ.ㅁ
아주 작은 마음 밭이지만
ㅏ.ㅏ.ㅏ
무뎌진 호미를 들고
무뎌진 괭이를 들고
ㅇ.ㅇ.ㅇ
나의 마음도 함께 심는다.
움이 돋는 언어의 새순

희망.

씨앗의 영혼

꽃을 피운다는 건
흩어진 영혼을 달래는 일

땅속에 스민 영혼을 위해
피어나는 꽃

낮과 밤이 변하며
영혼을 찾아가는 인연

어둑발이 돋을 때
설레는 꽃의 눈빛

꽃의 줄기 마디마디
물이 드는 영혼의 흔적

두 손 내밀어
씨앗의 기운 가슴에 품는다.

긴 여운 1

그녀가 떠난 이후로 잊는다고 다짐한다. 그리고 잊었다. 촛불이 타는 동안 시를 읽었고 흐르는 눈물은 그냥 두었다. 잎이 다 시들어도 그녀를 향한 그리움은 멀리 가지 못했다. 칡부엉이가 달래는데 힘입어 다시 촛불을 켜기로 마음먹는다. 산속에서 들리는 기계톱 소리는 늘 긴장의 연속. 내 친구 연못은 벌써 두꺼운 얼음 외투를 입고 외출준비 중이다. 저 친구가 이끄는 대로 오늘 밤에는 고라니와 멧돼지의 파티장에 슬그머니 끼어야겠다. 내 마음은 멀리 가지 않았다.

긴 여운 2

살다 보면 젊다는 건 한계가 있지. 모두 착각하지 마시길, 나도 올여름에 나의 중심이 잘렸어. 우듬지의 촉수가 사라진 이후 시작된 방황. 포기해서는 안 된다는 내면의 소리는 인정해. 떨리는 심재의 가슴을 감싸는 나이테. 억울한 몸짓은 바람결에 충분히 내보이지. 그래도 튜립나무는 떠도는 운무를 안아주더군. 난 그대의 매력에 푹 빠졌어. 그대가 사뿐히 걸을 때 운무가 걷히더군. 맞아, 천천히 걸어. 세상살이는 격투기 시합이 아니거든.

긴 여운 3

나라는 짐승은 늘 몸이 가볍다. 몸무게가 철이 들어
도 꾸준한 평균율이다. 이 가벼운 행보는 가여운 행보
로 이어진다. 허전한 골목길, 헌책방, 벼룩시장, 과일
을 사도 상처 난 거나 도사리를 고른다. 나라는 짐승
은 주눅 든 채 평생을 살아 어깨도 휘었다. 돌아가신
엄니가 어느 날 '너는 피지도 못하고 지는구나.' 하고
말했다. 피지도 못하고 진다는 말이 뇌리에서 지워지
지 않는다. 사실 몸도 가볍지만, 주머니가 가벼운 탓
이다. 그래도 찌들고 시든 채 한세상 잘 살았다. 이제
죽음도 가볍게 맞이할 일이다.

긴 여운 4

며칠 전 뒷산에서 발견한 새를 닮은 나무. 고구려 벽화에 보이는 새와 닮았다. 나는 그렇게 보인다. 그러나 아무래도 내가 실수한 것 같다. 몇 밤만 더 지나면 아빠가 오듯이 저 입술 앙다문 신령한 새는 반드시 구만리 장천을 날아갈 봉황새로 거듭날 터인데 나의 탐심이 우주의 질서를 깨트리고 말았다. 어쩌면 봉황이 아니라 황룡인지도 모른다. 섣부른 놈이 나타나자 얼른 변신하여 앞머리만 쥐여 주고, 길고 긴 전설의 몸통은 땅속 깊이 숨었을 게다. 가끔 산길을 걷다 지축이 흔들리면 난 신화 속 주신들이 승천을 준비하는 거라 믿는다.

긴 여운 5

움직이지 않는 존엄들 사이 흐르는 진혼곡. 들리지 않는 음을 귀를 돋우고 청소골에 집중하여 듣는다. 한때는 창창한 날갯짓으로 세상의 녹말이었을 존재. 녹밧줄같은 벼리였든, 날건달로 풀었든 구성체의 생체 리듬은 지상의 고봉밥. 그래서 인간도 환원하면 고봉밥이 놓인다. 우주와 소통하는 숟가락도 꼽고. 하여 물상이 각자 따로 보여도 한결같이 연결되어 나를 품는다. 테두리 안에 내가 있다.

긴 여운 6

떠올려보자. 나무가 자라려면 새싹이 돋아야 한다. 먼저 씨앗이 땅에 묻혀야 하고. 그 어린 새싹이 자라 풍상을 견디며 아름드리 성목으로 자리를 잡는다. 오랜 세월 살다가 수명을 다하면 우리는 고사목이라고 부른다. 느티나무니, 은행나무니 자기 본연의 이름 말고도 다양하게 불려 지는 나무의 일생. 죽은 나무가 쓰러져 있는데 속이 거의 빌 정도로 썩어 있다. 사는 동안 얼마나 괴로웠을까? 오도 가도 못하고 그냥 한자리에 서성이며 눈비를 맞았을 부모 같은 나무. 쓰러진 나무의 속 겹 속에서 돌아가신 부모님의 모습이 겹친다.

풀잎의 마음에 들다

산길에 마주하는 풀잎

달포를 애쓰며 마련한 길까지는
애써 이해하겠다만

그 전부터 견뎌온
맘까지는 들을 수가 없네

잎마다 놓인 선한 부끄럼
오붓한 키로 맞이하는 햇살
마주 앉아 눈빛을 나누네

다소곳이 자라는 동생들
언제 오느냐고 물을 수 없어

짧은 순간 나를 잃었네.

둥근 생각

나무야, 너 요새 심심하지. 네 주변에 온갖 풍문이 널널한데 분명한 건 새집에 새가 없더라. 나뭇가지를 타고 흐르는 수액도 모르고 한여름의 초록 잎도 이미 지쳐 갈색이야. 고집불통의 영감 새와 말다툼 끝에 부리를 다쳐 돌아섰다는 이야기도 들리고 남녘으로 날아간 자식 새를 찾아서 아시아나를 탔다는 소문도 있어. 번잡한 세상에 뭐 빈 둥지 하나 보인다고 유별 떨 이유는 없지만 그래도 새가 떠난 이유가 뭘까? 새가 스스로 제잡이 할 리는 없지. 따지기쯤이면 다시 돌아올 터. 나무야! 그동안 겨울잠 푹 자고 데꾼한 모습 어서 회복하길 바랄게. 나는 뭐 할 거냐구? 나야 뭐 참참이 숲을 오가며 너희들 아는 척할게. 내가 재잘대도 웬 잡새가 떠드는구나 하고 이해하렴. 허허~허

숲길은 순탄하지 않다

오십 년 전에 태어난
우리 동네 편백 천이백 그루
조선시대 조광조의 현신인가,
기개가 하늘을 찌른다.
나무 나이 쉰이면 상당히 어린데
가름하기 어려운 쭉쭉 뻗은 높이
고개 들어 쳐다보기 어렵다.
이파리마다 주초위왕을 새겼는지
꼬물거리는 모양새로 잔가지를 달래고
미완의 혁명은 나무에서 시작한다는
선지자의 뜻을 새기며
편백나무 목검을 수십 그루 차고
날마다 바람을 가르고 있다.
편백의 몸통에서 들리는 기합소리
새들은 눈치 빠르게 날아가고
나도 편백 숲을 지날 때는
온몸이 오싹해진다.

소리에 취한 사내

쉼 없는 개울물 목이 잠겨
앞선 소리는 잊었다
흐르는 물살 조용히
잡고있는 묵직한 바위

물고기의 하루 식량
꽃이파리, 낙엽이파리
개울물 고명으로 맴돌다
바위의 어깨를 넘는다

찾아온 나를 위해
계곡에 흐르는 선율
어제와 별반 다르지 않다
앞선 소리에 묶였나 보다

초록 감각과 마음으로
하루 식량 전해 받는다.

왕자봉을 오르며

풀어진 근육을 위해 산을 타는데
왜 이리 힘이 드는가.
산등성을 타고 넘는 바람은 그렇다 치고
누가 잡아당기는 것도 아닌데
몸이 왜 이리 무거운가.

왕자봉에 올라
왕자 기분 한번 내려는데
몸이 천근만근이다.
그루터기에 흰 눈으로 그려진
사자 그림도 나를 조롱하는 건지
실실거리고 있다.

사물은 보는 자의 심정에 따라
감정이 이리도 좌우된다.
산을 오르며 나의 실체를 더듬는다.
왕자가 되기 전에 한풀 꺾였던
무수리 이야기가 떠오른다.

역사는 남 이야기가 아니다.

새롭게 살피기

동트는 햇살 아래 누운 바위는 이삿날을 가름해 본다. 자신이 지상에 쌓아온 정분만큼 다람쥐는 나무 위를 토닥거렸고 풀씨들은 사방으로 다리를 뻗었다. 눈보라 이삿짐센터를 불러 포장이사를 하는 날, 바람콘테이너를 부르고 청가시덩굴 기사를 대동한다. 거친 날숨과 들숨으로 하얀 천을 촘촘하게 두르는 기사들, 별다른 표식이 없어도 그동안 다져진 실력으로 자리를 빛내고 있다. 이 산 저 산 다니기를 좋아하는 너럭바위의 취향에 맞춰 빈틈없이 포장하는 이삿짐. 산을 오를 때마다 바위는 잘 살펴보지 않으면 예전의 바위인지 가늠하기 어렵다. 지구가 지금도 줄기차게 회전하는 까닭은 바위 무게의 불균형 때문이다.

스러지는

사람은 집을 짓고
집은 사람을 키우지

아웅다웅 살면서
영혼이 넉넉해지는 집

사는 동안
품성을 다듬어 주는 집

누추해도 가고 싶고
쉬고 싶은 집

부모의 모습이 보이는
유일한 공간

내가 부모되어
사무치게 느끼는

나의 흔적

나는 여기까지 왔다.

누구는 조약돌이라 부르고
누구는 몽돌이라 부른다.
돌멩이 하나하나 만져보면

저 안에 새겨진 풍상의 자취는
내가 아무리 상상해도
범접하지 못한다.
저마다 흔적이 있고 자취가 뚜렷하다.

한때는 흙이었다가
한때는 초록 바위였을
우주의 나이들이 가득 찬
바다에 서면 그저 먹먹할 뿐

파도 소리에 온몸이 젖고
파도 소리에 나를 잊는다.

저승길

걷는다, 노쇠한 골목길
그림자 사붓대니 흔들리는 이 몸
잎이 바람에 굴러가면
가고자 하는 목적지가 보인다.

골목을 드나드는 옹골진 바람
내가 넓은 길로 나오는 건
옹골진 바람 탓이다.

선선하게 드는 바람결은
늙은 사내의 이 빠진 잇몸
언제부터 기다렸는가.
나 아닌 내가 먼저 와 손을 잡는다.

우린 함께 가기로 했다

발문

정갈한 삶의 기개와
참사랑의 길

■정갈한 삶의 기개와 참사람의 길

고명수(시인, 전 동원대 교수).

1. 상처로 익어가는 사람의 향기

시인 이시백은 만나면 그에게선 수운이나 해월의 향기가 난다. 사람에 대해 개방적이며 만나는 사람을 순수하게 만들어 주고 주변 사람들에게 선한 영향력을 행사하는 것이 동학을 공부하는 이들에게서 받는 느낌인데, 천도교에 오래 몸담아 오며 훈습된 그의 삶에서도 이러한 특징이 자연스럽게 풍겨져 나온다. 진부한 서구사상이나 얄팍한 자본주의에 때 묻지 않은 순수한 한국인의 모습, 한국인의 원형을 그에게서 만난다. 그래서 시인 이시백을 만나는 일은 언제나 거리낌이 없고 즐겁다.

이시백은 이제 생물학적 연령으로 보면 어느새 중년을 지나 노년에 접어들고 있다 노년이 되면 사람들은 대개 생의 무상함을 새삼스럽게 절감하게 되고 추억과 회상의 감정에 잠기곤 한다. 그래서 이번 시집에 실린 시들에서는 삶에 대한 짙은 페이소스와 회한, 삶에의 체념과 달관의 정서가 가득하다.

겨울이 오면
나뭇가지마다 드러나는 엽흔
저마다 일몰의 온도가 담겨 있어
잔가지마다 나무의 체온을 유지한다

한때 무성했던 나뭇잎 다 떨구고
뼈마디로 남은 나무의 뒷모습
바라볼수록 생생하게 나무가 걸어온 길
내 가슴에도 새겨져 있어

호흡을 할 때마다
나의 지난날이 드러난다
흔적은 상처로 남고
아픔에도 온도가 있어

나를 지탱해주는 기운이
여기에도 있음을
나무의 모습에서 느낀다
                    -「흔적의 힘」 전문

  위의 시에서 화자는 겨울이 와도 자신의 체온을 유
지하는 나무들의 '일몰의 온도'를 말한다. 이 온도는
생멸을 반복하며 이어지는 우주의 생명력을 의미한
다. "한때 무성했던 나뭇잎 다 떨구고 뼈마디로 남은
나무의 뒷모습"에서 생의 후반부에 접어든 시인의 감

정을 느낄 수 있다.

하지만 화자는 "바라볼수록 생생하게" 느껴지는 나무가 걸어온 길을 상상하며 자신의 지나 온 반생을 돌아보고 성찰한다. 삶의 흔적들은 상처로 남아 있고 "아픔"에는 서로 다른 "온도"가 있으며 그러한 상처의 온도가 삶을 지탱해 왔음을 고백한다. 다음의 시에서 화자는 "돌의 상처"를 보며 자신의 상처를 껴안는다.

> 산속의 돌이 순발력이 좋다는 건
> 곡괭이로 산길을 내면서 처음 알았다.
> 이때까지 내가 보고 만진 돌은
> 바람이나 물살에 잘 다듬어진 돌
> 도시 벽면에 매끄러운 대리석
> 혹은 오석으로 다듬어진 시비
> 흙 속에서 온몸을 담금질하는 돌
> 수천 년은 기본으로 견뎌온 돌
> 시간의 상처로 단단해진 돌
> 몸의 일부가 상하면서도
> 자신의 상처를 보듬는 돌
> 돌의 상처를 만지며
> 내 안의 잠재된 상처를 보듬는다
> 그리고 나는 무엇으로 기본을 이루는가
> 나의 나된 바를 돌아본다.
>
> — 「여유를 찾는다는 거」 부분

위의 시에서 화자는 "곡괭이로 산길을 내"는 노동을 통해서 "산속의 돌"이 순발력이 좋음을 발견한다. 그것은 그 돌이 "흙 속에서 온몸을 담금질하"기 때문임을 깨닫는다. 무상한 세월은 사람의 가슴에 상처를 남긴다. 이러한 '시간의 상처'는 시인의 자아를 더욱 단단하게 만든다. 비록 몸은 상해가지만, 자신의 상처를 통해서 더욱 강해져가는 자아를 화자는 "돌의 상처를 만지며" 자각하고 켜켜이 쌓인 이러한 상처의 누적이 곧 자신의 기본을 이루고 그것이 "나의 나된 바"를 만드는 개성이 됨을 말하고 있다. 시간의 상처 외에 또 화자로 하여금 상처가 되게 하는 것은 인간관계에서 오는 실패들의 흔적이다.

지울 수 없는 나날이 있다. 살다 보면 불편한 관계와 홀로 고민해야 하는 나날. 마음에 없는 말을 기어이 하고 마는 졸렬함이 상존하는 현실에 나를 쥐어뜯는 밤, 내 마음은 나로부터 버림받았다. 허공을 날아가는 묵은 동양화의 기러기로 날고 날아도 도착지를 찾지 못하는 내 마음이 있다. 포근하게 다가오는 이 봄, 넌지시 손잡아 주는 다른 한켠의 마음이 있다. 실수도 할 수 있음을 인정하고 기다려주는 또 다른 마음이 있어, 매화나무에 매화꽃이 피고 살구나무에 살구꽃이 피는 게다. 내 마음은 그런 의미에서 버림받지 않았다. 헤매는 자의 고민은 어디에나 있는 법. 오

래된 단지에 절여놓은 김치처럼 마음이 숙성되
어도 좋겠다. 밥상에 함께 모여 묵은김치 나누면
저민 상처도 스러질 터이다.

-「호젓한 침묵」 전문

위의 시에서 보듯이 화자는 "내 마음이 나로부터
버림"을 받는 데서 상처를 받는다. 구체적으로는 "마
음에 없는 말을 기어이 하고 마는 졸렬함" 같은 것이
다. 사실 내 마음이라고 해서 내 마음대로 되지 않는
것이 마음의 현실임은 누구나 알고 있다. 그것을 화
자는 "허공을 날아가는 묵은 동양화의 기러기로 날
고 날아도 도착지를 찾지 못하는 내 마음"이라고 표
현하고 있다.

하지만 다행스러운 것은 "넌지시 손잡아 주는 다른
한켠의 마음"이 있다는 사실이다. 즉 "실수도 할 수
있음을 인정하고 기다려주는 또 다른 마음"이 그것
이다. 우리의 마음 속에는 '행동하는 자아'와 '관찰하
는 자아'가 공존하고 있기 때문이다. 물론 이러한 마
음은 젊은 시절의 기나긴 방황을 지나 온 중년 이후
의 사람들, 즉 인생을 어느 정도 살아낸 사람들이 누
릴 수 있는 것이다. 그것은 "오래 된 단지에 절여놓은
김치처럼" 숙성된 마음에서 나올 수 있는 것이고, 이
렇게 성숙한 자아에 이를 때 마음의 상처도 치유될 수
있는 것이다. 이제 화자는 다음과 같이 마음의 현주소
를 명명한다.

나는 여기까지 왔다.

누구는 조약돌이라 부르고
누구는 몽돌이라 부른다.
돌멩이 하나하나 만져보면

저 안에 새겨진 풍상의 자취는
내가 아무리 상상해도
범접하지 못한다.
저마다 흔적이 있고 자취가 뚜렷하다.
                         -「나의 흔적」부분

　위의 시에서 화자는 상처받고 "주눅 든 채 평생을
살아"(「긴 여운3」) 온 자신의 마음을 "조약돌" 혹은 "
몽돌"로 표상한다. 거기엔 함부로 범접할 수 없는 삶
의 "흔적"과 "자취"가 스며있다.
　한 개인의 삶의 과정은 그 누구도 함부로 말할 수 없
는 독자성과 개별성을 갖는다. 이 시의 화자 역시 풍
상이 많았던 자신의 삶을 돌아보며 그런대로 잘 살아
왔음을 긍정적으로 평가하고 자아통합의 길로 나아가
고 있음을 볼 수 있다.
　에밀 슈타이거가 『시학의 근본개념』에서 말한 대로
모든 서정시의 근본 형식이 '회감(回感)'이라고 할 때,
여기서 '회감'이란 '회상'이라는 단어가 주는 의미처
럼 단지 돌아본다는 의미를 넘어서는 것으로, 돌아볼

때 발생하는 주체와 객체 사이의 거리 소멸, 즉 서정적 융화가 시의 본령이라는 뜻일 터이다.

화자는 대상을 통해 자신의 지난날을 되돌아보고 남아있는 생을 위해 다시 도약하려는 다짐과 성찰의 시간을 마련하고 있다.

2. 자연에서 배우는 삶의 지혜와 사랑

시인 이시백은 자연과 더불어 살아간다. 자연이란 신(神)의 얼굴이다. 신의 섭리는 자연의 모습을 통하여 인간에게 메시지를 전한다. 스스로 그러함의 세계인 자연은 사람에게 있어 마음의 고향인 동시에 언제나 고요한 선정에 들어있다. 자연은 두두물물(頭頭物物)이 설법을 하고 있는 화엄세계이자, 생명의 신비와 생명의 약동을 현시하는 인간의 본래면목이다. 시인들은 자연이라는 거울에 자신을 비추어보고 거기서 지혜를 얻기도 하고 마음의 위안을 얻기도 한다. 이시백은 자연의 일부인 산을 떠나서 살 수 없는 사람이다. 수목원에 근무하는 숲 해설사이기 때문이다.

근자에 낸 시집 「아름다운 순간」(2018, 북인)에서 그는 여전히 시정의 거리와 산 사이를 왕래하고 있었다. 팔도마당발이라고 불러도 좋은 만큼 지인이 많은 그는 유난히 사람을 좋아하고 사랑이 많은 사람이다.

동학을 매개로 하는 그의 활동은 전국구이다. 경

주의 어린이집 운동을 위해 쉬는 날엔 밭에서 농사일을 하기도 하고, 근무하고 있는 보령에서는 독서모임을 이끌기도 한다. 사바세계에서 만나고 헤어지는 인연에 지치면 그는 산으로 돌아와 위안과 휴식을 얻는다. 시인은 이제 자연에 온전히 몰입하여 자연 속에서 삶의 지혜와 섭리를 읽어내고 있다. 한바탕 생명의 축제를 펼치는 자연을 통해 인간 세상의 삶과 사랑을 찬미한다.

> 빗물에 젖은 바위의 말은 눅눅해
> 잘 알아듣지 못해 귀를 쫑긋 세우지
> 벽소령 뒷길에 새긴 고대문자는 에움길이야
> 누가 봐도 직설적이지
> 사람주나무 앞을 지나는 길에 봤어
> 잎마다 빗물에 바록거리지
> 나를 흉보는 거 같아 머리를 숙이며 걷는 지리산
> 그늘흰사초가 문장을 이어주네
> 며칠 전에 초록담비가 다녀갔데
> 구융젖을 빨며 자라던 구석바치였는데 말이지
> 너럭바위는 늘 비틈허지. 사득다리도 안다니깐
> 산벼락을 맞은 이후로 살님네가 생겼다하네
> 보득솔도 알고 보드기도 알아
> 지리산에 소문이 빠르거든
> 두 사람은 너럭에게 약속했데
> 고주박이 되도록 길을 걷자구

-「자연놀이 2」 전문

위의 작품에서는 전설의 고향처럼 아름다운 사랑얘기를 들려준다. 삶의 무대에서 가장 아름다운 공연은 사랑이 아니던가. 화자는 빗물에 젖어드는 어느 날 지리산 속을 걷는다. 문자를 만든 최초의 고대인들의 소통수단이었던 고대문자는 대체로 구부러져 있지만 그 의미는 직설적인데도 자연의 말을 잘 알아듣지 못하고 제대로 사랑하지도 못한 채로 살고 있는 자신을 흉보는 것 같아 화자는 머리를 숙이며 걷고 있다.

흔히 비가 오는 축축한 날에는 자기만의 상념에 젖어들게 된다. 그러나 여여(如如)한 자연은 본지풍광이라, "사람주나무" 잎들은 작은 입을 조금 벌리고 귀엽게 자꾸 웃는다. 다행스럽게도 "그늘흰사초"가 단속적인 상념의 끈을 이어주어 사랑의 이야기를 들려준다. 그것은 곧 "구융젖을 빨며 자라던 구석바치"였던 초록담비가 산벼락과도 같은 호된 재난을 당하고 나서 사랑하는 "살님네"가 생겼는데 두 연인은 "너럭"에게 약속하기를 땅에 박힌 채 썩어가는 소나무의 그루터기인 "고주박"이 될 때까지 오래오래 사랑하기로 했다는 이야기다. 지리산에는 소문이 빨라 이 이야기는 너럭바위도 알고 보득솔도 알고 보드기도 아는데, 화자만 모르고 있다가 지리산이 들려주어 알게 되었다는 것이다.

이 작품은 우리의 삶에서 가장 아름다운 공연은 결

국 사랑이라는 메시지를 던져주며 지극한 사랑은 "산벼락"과도 같은 시련과 고통을 이겨낼 때 얻을 수 있음을 넌지시 전해주고 있다. 다음의 시에서도 자연의 황홀한 사랑을 찬미하고 있다.

깊은 산속 오입쟁이나무 한가한 날은 솥지기의 틈새라도 내남없이 서덜길을 쏘다닌다. 뗏자리를 보려는지, 눈빛이 갈매되어 온새미로 놓이는 저녁. 잎은 잎대로, 줄기는 줄기대로, 마주보고 마주하며 다솜을 곰비임비 쳐나간다. 나비잠이나 말뚝잠이나 잠들기는 마찬가지. 시나브로 늙는데 앞뒤가 있겠는가. 풍락목이 되어서도 눈빛 변치 않으리니 오야, 자네 끼었던 가락지 빼지나말게.

－「자연놀이 4」 전문

위의 시에서 "깊은 산속 오입쟁이나무"가 건수 없이 한가한 날은 밥을 한 솥 짓는 동안의 짧은 틈새라도 자갈길을 쏘다닌다. 끊임없이 바람을 피우려 하는 오입쟁이는 잠시도 가만히 있지를 못하기 때문이다. 여기서 오입쟁이는 자연의 생명력 그 자체이다.

짙은 초록색 눈빛으로 가득한 저녁에는 "잎은 잎대로, 줄기는 줄기대로, 마주보고 마주하며" 애틋한 사랑이 퍼져나가 생명의 축제를 벌인다. 갓난아이가 두 팔을 머리 위로 벌리고 자는 잠이나, 꼿꼿이 앉은 채로 자는 잠이나 잠이 쌓이면 모든 생명은 모르는 사이에 조금씩 늙어간다. 오로지 바라는 것은 "풍락목"처럼 저절로 죽거나 바람에 꺾인 나무가 되어서도 사랑은 영원히 "눈빛 변치 않"는 것이니 화자는 "오야, 자네 끼었던 가락지 빠지나말게"라며 애교 섞인 부탁을 한다.

> 자신이 품은 색으로
> 물빛을 변화시키는 올갱이
> 삶이란 내 안의 색채를 드러내
> 주위를 변화시키는 것
> 나무도 그렇고, 풀잎도 그렇고
> 개울가 올갱이도 그렇다
>   -「올갱이는 색깔도 곱다」 부분

위의 시에서 화자는 "자신이 품은 색으로 물빛을 변화시키는 올갱이"를 통해서 선한 영향력을 행사하며 주위를 변화시키는 자연의 모습을 통해 삶의 지혜를 배우고 있다. 목마르고 숨 막히고 가슴이 아프던 한 세월을 지나 그는 이제 나무와 새들과 강물을 보며 인생을 관조하고 사색한다. 거리를 떠돌던 방랑자는 이제 산으로 돌아와 기다림과 숨 쉬는 틈의 아름다움을 깨닫고 조용히 남은 인생을 준비하고 있다.

자연이 들려주는 지혜를 깨닫고 노년의 사랑을 터득해가는 시인의 시는 담백하고 고소한 인생의 맛을

풍긴다. 이시백의 순정한 서정시는 대자연 속에서 서서히 깊어간다.

3. 자본의 세상에서 생각하는 참사람의 길

인간은 결핍의 존재이다. 그러한 결핍이 시를 쓰게 한다. 삶의 근원적인 무상성과 욕망의 충족불가능성은 우리에게 언제나 채워질 수 없는 결핍과 마음의 상처를 남긴다. 특히 자본주의로 인한 지속적인 욕망의 자극과 채워질 수 없는 근원적인 결핍성은 정신분열증과 우울증을 비롯한 많은 현대의 정신장애를 유발하기도 한다. 결국 무상한 세월과 분열적인 자본주의적 세상에서 우리의 욕망은 근원적으로 채워질 수 없는 것이고 상처는 피할 수가 없는 사태이기도 하다.

고백하건데 언제나 내가 품은 생각은
누런 황금을 거침없이 차지하는 거였다
막연하게 언젠가는 꼭 차지하리라는
믿는 구석이 구름 위로 지금도 떠돈다

내 안에 든 수많은 돌멩이가 나를 지탱하는
찰진 뼈인 줄도 모르고
나는 황금에만 눈이 어두워 거리를 헤매인다
물기 빠진 뼛조각 겨우 잇고 다니면서도

아직도 청춘인 줄 알고 푸르른 시절만 떠올린다

하늘을 이해하는 나이임에도
땅속에 얽매여 정확히 말하면
자본에 눈이 멀어 둥근 것만 주변에 담았다
나를 옭매는 포박이 여기저기 바람결에 흩날린다

이제 이 노릇을 어찌할지 지금 고민 중이다
                                    -「지천명」 전문

위의 시에서 화자는 자본주의로 포위된 세계 속에
서 자신도 모르게 물화(物化)되어버린 자아를 비판적
으로 성찰한다. 특히 "하늘을 이해하는" 지천명의 나
이에 접어들어서조차도 세속에 얽매여, 즉 "자본에 눈
이 멀어" 방황하는 자신을 질타하고 있다. 현대인은
누구나 할 것 없이 자본의 포박에 옭매여 살아갈 수
밖에 없는 상황에 처해 있다. 화자는 이러한 세상에
서 어떻게 살아가는 것이 땅의 구속을 벗어나 하늘의
길로 나아갈 수 있는 지에 대해 고민하고 있다. "사람
이 존귀한 세상에/ 사람이 대접받기 어려운 세상"(「
이런 날이 왔다」)에서 사람들은 어떠한 모습으로 살
아가고 있는가?

모두 남기로 하자. 정해진 상식은 잊고 자신의 위
치에서 활을 쏴라. 방향이 어딘지는 각자의 몫 궁

극의 목표는 꿀을 취하는 거, 타인의 목줄은 내
탓이 아니다. 우린 서로 슬픈 가면을 숨기고 웃
을 뿐, 어릴 때부터 지켜온 질서에 빠지며 탐닉
의 인장을 찍는다. 거리마다 넘치는 인정욕구에
취해 변해가는 선망진화. 때로는 동떨어진 이유
를 묻지 말라. 앞만 보고 걸어라. 기득권의 요구
는 감각에 함몰하여 대충 사는 거다. 삐딱한 시선
은 모두 남아라. 가진 자에게 보탬이 안 되니, 도
태의 순환선이 기다리고 있다. 자, 준비. 탑승 완
료 무료전철 순항 중

-「욕망이윤 1」 전문

위의 시에서 보듯이 화자의 눈에 비친 세상은 각자
"자신의 위치에서" 삶의 목표를 향해 달려가고 있고, "
궁극의 목표는 꿀을 취하는 거"라고 말한다. 인간관계
는 철저히 파편화되어 "타인의 목줄"에 대해서는 관심
이 없다. "우린 서로 슬픈 가면을 숨기고 웃을 뿐, 어릴
때부터 지켜온 질서에 빠지며 탐닉의 인장을 찍는다."
라는 표현에서 보듯 철저히 단절된 개인들이 "슬픈 가
면을 숨기고 웃"으며 익명의 삶을 살아간다. 어린 시
절부터 훈습된 인습적 가치관에 탐닉되어 "인정욕구"
에 취해서 흘러가고들 있다. 화자는 이러한 세태에 대
해 그러한 태도는 "가진 자에게 보탬이 안"된다고 비
판한다. 왜냐하면 그것은 "도태의 순환선"을 타는 일
이기 때문이다. 이처럼 "선지자의 화두는 사라지고 오

욕만이 최고의 경지로 춤추고 있"(「욕망이윤 2」)는 세태에 대해 화자는 마침내 "삐딱한 시선은 모두 남아라."라고 외치며 저 깊은 역사의 계곡에서 들려오는 "애비"의 소리에 귀 기울이기를 권유하기에 이른다.

> 이 땅에 어느 구석이든
> 진지하게 뒤져보아라
> 핏빛 낭자하게
> 너의 애비는 죽어
> 두엄은 거기 있었더니라
> 새날이 올 때까지
> 백산에서 우금티까지
> 애비는 죽창을 들고
> 재를 넘었더니라
> 지금도 들리지 않느냐
> 조총의 날랜 총알에
> 주문을 외우며
> 자식의 이름을 부르며
> 산화한 너의 애비
> 강산이 아무리 바뀌어도
> 역사는 바뀌지 않는다
> 포기하지 말라
> 애비의 죽음은 가난한 나라에
> 태어나 포기하지 않는
> 가장의 징표였다

보아라
역사의 현장에 피고 지는
진달래의 말 없는 흔들림
네 애비의 현신 아니더냐
-「동학이 부른다 」전문

위의 시에서 화자는 진지하게 우리 역사를 탐사해 보면 "이 땅에 어느 구석이든" 스며있는 조상들의 투혼, "새날이 올 때까지" 목숨을 걸고 싸운 항쟁의 소리가 들리지 않느냐고 일갈한다. 그들의 희생이 "두엄"이 되어 쌓여 있으니 그것을 자양분 삼아 다시 일어서야 하지 않겠느냐고 묻는다. 다음 세대의 안녕을 위해 "죽창을 들고 재를 넘"은 조상들의 희생을 다시 생각하고 부디 자본과 외세에 묶인 답답한 현실에 대해 싸우기를 "포기하지 말라"고 외치는 화자는 우리의 역사를 직시하고 진정한 이 땅의 주인이 되어 삶을 구가하는 것이 진정한 "가장의 징표"라고 역설하고 있다. 위의 시에서 우리는 '사람이 곧 하늘'이라고 외친 동학 사상에 바탕을 두고, 사람이 존귀하고 사람이 대접받는 세상을 구현하려고 "핏빛 낭자하게" 싸워온 "애비"의 역사를 환기시키며 더 이상 "포기하지 말라"고 외치는 화자의 절규를 듣는다.

의로운 죽음은 뼈까지 불태워졌다.
산등성을 지키고 있는 맨발의 나무를 보며

무언의 외침을 듣는다.

잔가지 사이 바람이 그냥 부는 게 아니다.

동학 때 이야기다.

-「외침」부분

위의 시에서 우리는 수천 명의 동학도들이 외세에 의해 죽임을 당한 보은의 학살사건을 제시하면서 그렇게 희생당한 이들의 영혼이 "맨발의 나무"로 자라고 있고 진달래꽃으로 피어나서 흔들리고 있는 조국의 산하를 보면 "잔가지 사이 바람"조차도 그냥 부는 게 아니라는 화자의 진술에 수긍을 하게 되고 우리국토의 곳곳에 조상들의 희생이 스며있고 피어나는 꽃이나 불어오는 바람조차도 그냥 불어오는 것이 아님을 깨닫게 된다.

4. 정갈한 삶을 향한 선비의 기개와 안빈낙도

시인 이시백은 전원에서 살아간다. 자연과 교감하며 하늘의 뜻을 생각하며 살아가는 안빈낙도의 삶은 흔히 은둔선비의 삶을 떠올리게 한다. "보이지 않는 무망의 가치에 깃발을 꼽"고 전원에 은거하여 살아가는 이유는 뭘까?

어디서든 살아가는 이유가 있기에

보이지 않는 무망의 가치에 깃발을 꼽는다.
철새는 철새대로 나는 나대로
은둔하는 이유가 여기에 있다.
                              -「이동하는 족속」 부분

  그것은 어쩌면 도도새처럼 "날지도 못하면서 날개
를 포기하지"(「떠난 자의 회상」) 못하는 성정 때문인
지도 모른다. 여하튼 그는 "머무는 곳마다 사연의 꽃"(
「조화로운 사이로 거듭나기」)을 피우며 인연 따라 바
람처럼 구름처럼 거처를 옮겨 다니다가 마침내 지금
의 거처에 은거하기로 한 듯하다. 하지만 그는 옛 선
비들이 그러했듯이 홀로 있을 때 더욱 삼가는 선비들
의 '신독(愼獨)'의 정신을 잃지 않고 당당하게 살아가
고자 한다.

  홀로 있어도
  품위를 잃지 않는 새의 위상
  혼자이나 초라한 게 아니라 당당하다.
  강물에 살려면
  당당해야 물살이 받아준다.
  몇천 년을 지켜온 물살이니
  어찌 보면 가마우지가
  강물을 지키고 있는 것이다.
                              -「상호보완」 부분

위의 시에서처럼 화자는 "홀로 있어도 품위를 잃지 않는 새의 위상"처럼 "혼자이지만 당당"한 삶을 영위하고자 한다. 오랜 세월을 가마우지가 지켜 온 강물 같은 세상 속에서는 "당당해야 물살이 받아"주기 때문이다. 당당함과 더불어 선비의 품위를 지켜주는 것은 그가 내뱉는 말에서 "향기"가 나는 일일 것이다.

　　　떠돌며 가장 섭섭한 건
　　　추억의 공간이 사라지는 것
　　　또한 포기해야만 하는 미련도 얼마나 많은가
　　　세상이란 떠나는 길을 늘 염두에 둬야 한다.

　　　사는 동안 지상의 가치는 뭘까?
　　　생을 다하는 날까지 고운 말을 해야 한다.
　　　전달하는 말에서 꽃향기가 나야 한다.

　　　이것이 살아있는 날에 최고의 미덕이다.
　　　　　　　　　　　　　　　　-「입술의 향기」 부분

　　위의 시에서 화자는 "추억의 공간이 사라지는" 이사 경험의 섭섭함을 말하면서 "사는 동안의 지상의 가치" 즉 "최고의 미덕"에 대해 질문을 던진다. 그리고 다음과 같이 대답한다. 그것은 바로 "생을 다하는 날까지 고운 말을 해야 한다"는 것, 그리고 "전달하는 말에서 꽃향기가 나야" 한다는 것이다. 선비에게 있어서 말이

라는 것이 얼마나 중요한 것인지를 일깨우는 진술이
다. 그리고 항상 상대에 대하여 배려와 아량을 가지고
겸손하고 정갈한 태도로 살아야 함을 피력하고 있다.

혹시 말이지 이런 생각이 든다면 말이지.
사는 동안 나는 깨끗하게 살았다고
속으로만 생각하자 그 말이지.
누군들 정갈하게 살고 싶지 않았겠어
살다보이 억척도 부리고 용심도 쓰면서 사는 거지.
삶의 기준이 있는 듯이 떠들면
나의 가치가 올라가는감?
원래 인생은 낙엽처럼 시들며 단풍 드는 거잖소.
이제 나이가 있으니 아량을 먼저 가져야 혀.
다 챙겨야 만족한다면 옆사람이 얼마나 경계하
겠어.
허니 겁내지 말고 먼저 양보혀.
다 똑같이 단풍 들고 시드는 과정인디
뭘 그리 섧다 하리까.
칭칭 동며맨 내 안의 욕구
이제 놓아주고 평지로 돌아가야지.
높은 산이 아니라 낮은 구릉에 이르러
얕은 무덤으로 나는 갈거야.
속으로만 쬐금 깨끗하게 살았다 말할거야.
　　　　　　　　　　-「겁내지 말고」 전문

위의 시에서 보듯이 화자가 지향하는 삶의 태도는 "사는 동안 깨끗하게" 살다 가는 것이다. 살다 보면 억척도 부리고 용심도 쓰며 살게 되지만, 나이가 들면 "칭칭 동여맨 내 안의 욕구를 좀 내려놓고 타인에 대한 배려와 아량을 지니고 살아가는 것, 그리고 조용히 죽음을 준비하며 정갈하게 살다 가는 것이 은둔선비의 지향점임을 제시하고 있다. "천천히 걸어. 세상살이는 격투기 시합이 아이"(「긴 여운 2」)라고 주장하는 시인은 다음의 시에서 도시에서 분주하게 사느라 순결한 아름다움으로 익어가는 자연의 축복을 알지 못하는 독자들에게 안빈낙도의 평화로운 삶을 찬미하며 은근한 초대장을 보낸다.

간간오월이 지나고 말았네. 농사철인데 깔딱낫
한번 제대로 쓰질 못하고 말이야. 그래도 신은 그
느려주지. 채마밭은 굴타리먹는 중이야. 돌담너
머 고욤열매 요염해지고 대추나무 시집가려해.
둥근 맵씨가 아련하거든. 와서 한번 맛보시련. 두
시간 반이면 오잖아. 바장거리지 말고 저질러봐.
엉너리는 나무들이 싫어해. 산책에 나서는 순간
당신은 해방이야. 알면서 모른 척 하는 건 바위
가 최고지. 가끔 당신은 모르면서 아는 척 하잖
아. 사물의 윤곽만 가지고 말이야.
                                    -「자연놀이 3」 전문

자연은 너무나도 성실하여 능히 오래 간다는 능구(能久)의 존재로 불린다. 그러나 인간은 간혹 때를 놓치기도 한다. 해가 길어서 일하기 지루한 음력 오월은 농사철이 한창인 때이지만 자칫 때를 놓치면 보잘것없는 헌 낫 한번 제대로 써보지 못하고 지나가기도 하는 법이다. 그러나 자연 그 자체인 신은 인간의 그러한 흠이나 잘못을 덮어주고 돌보고 보살펴 준다. 자연은 아가페적 사랑 그 자체인 것이다. 제대로 손보지 않았으니 채마밭은 벌레가 먹는다. 그러는 사이에도 시간은 흘러 "고욤열매"와 "대추나무"는 무르익어 요염해지고 다른 곳에 있는 누군가에게 시집가기를 기다린다. "둥근 맵시"가 아련한 그들을 와서 한번 맛보라고 화자는 유혹한다. 그리고 화자는 한 걸음 나아가 머뭇거리지 말고 두 시간 반밖에 안 걸리는 거리이니 일상을 벗어나 보라고 강권한다. 나무들이 엉너리를 싫어한다는 말은 자연의 지혜라는 관점에서 보면 남의 환심을 사기 위하여 어별쩡하게 서두르는 짓이 어리석다는 말이다. 화자는 사물의 윤곽만 보고 모르면서도 아는 척하는 세인들을 꾸짖으며 알면서도 모른 척 하는 바위의 큰 지혜를 배우라고 권한다. 이제 화자는 남은 삶을 관조하며 지난날을 회상해 본다.

나무 열매가 떠나기로 마음먹는다. 사람의 생리주기도 여행이 필요하듯 나무도 생의 전환을 꿈꾼다. 그동안 바람에게 수없이 받았으며 자드락

비에 화들짝 움츠리기 몇 차례. 주변 나무와 서
로 한무릎 공부하며 책거리도 어제 마쳤다. 자곡
자곡 모두 챙길 수는 없으나 주변에 친구들에게
눈인사 중이다. 물모루 마주 앉아 낯빛 비춰 보
던 시절을 이제 추억할 터이다. 자개돌 집어 물
수제비를 떠본다. 지난 세월이 돌을 타고 윤슬
을 건너간다

-「자연놀이 5」

위의 시에서 화자는 "생의 전환"을 꿈꾸며 이별의
의식을 행하고 있다. 사람에게도 성장을 위해서는 발
달주기에 따른 적절한 과업과 여행이 필요하듯이, 떠
나기로 마음먹은 나무열매도 하나하나 순서대로 주변
친구들에게 인사를 하고 다른 세상으로 떠날 채비를
한다. 하나의 나무열매가 영글기까지 수없는 바람을
맞고 거세게 퍼붓는 비를 이겨냈으며 착실히 공부하
고 "책거리"도 마쳤으니 이제 떠날 일만 남은 것이다.
또한 시냇물이 흘러가다가 굽이도는 "물모루"에 앉아
지난날을 추억하는 일이다. 물수제비를 떠보니 지난
세월이 납작한 "자개돌"을 타고 반짝이는 잔물결 위를
건너간다. 중년의 빛나는 감성이 돋보이는 이 시의 가
장 아름다운 부분이다.

5. '햇살문장'을 향한 나방의 꿈

시인 이시백은 '우리말큰사전'을 늘 옆에 놓고 산
다. 틈나는 대로 사라져가는 고운 우리말을 찾아내고,
그것을 바탕으로 시를 쓴다. 시인이 모국어의 아름다
움을 창조해나가는 존재라면 이시백 시인은 그러한
시인의 임무에 충실하고자 하는 시인이다. 그래서 이
번 시집에 수록된 시들은 맛깔스러우면서도 순정한
모국어의 그윽한 맛을 느끼게 한다.

ㅎ.ㅎ.ㅎ
나의 품을 찾아온 씨앗언어
ㅡ.ㅡ.ㅡ
마음밭에 풀을 뽑고 돌을 고르며
ㅣ.ㅣ.ㅣ
연장을 들어 씨앗 언어를 심는다.
ㅁ.ㅁ.ㅁ
아주 작은 마음 밭이지만
ㅏ.ㅏ.ㅏ
무뎌진 호미를 들고
무뎌진 괭이를 들고
ㅇ.ㅇ.ㅇ
나의 마음도 함께 심는다.
움이 돋는 언어의 새순

희망.

  －「카톡에 보이는 자모의 세계」 전문

위의 시에서 화자는 한글 자모의 형태미를 낱낱이
살리면서 시인으로서의 소망을 피력하고 있다. "나의
품을 찾아 온 씨앗언어"를 "풀을 뽑고 돌을 고르며" 마
음 밭에 심는다. 마음밭을 정성들여 가꾸고 나면 그 밭
에 비로소 "움"이 돋고 "언어의 새순"이 나는데, 그것
이 곧 화자의 "희망"이라는 것이다. 소박한 시인의 소
망을 보여주고 있는 시이다. 시인 이시백은 매우 섬세
한 감성을 지니고 있어 사물의 깊은 내면의 소리를 듣
고 그것을 표현하려 애쓴다. 그리고 마침내 그것을 탁
월한 감각으로 묘사한다. 다음의 시를 보자.

120년 된 호두나무 성성한 그림자
낮은 돌담에 비치는 사이
유혈목이 땃땃한 햇살에 미동도 않고
초피나무 향기 맡고 있더라
호두나무 가을 햇살에 설풋 졸리운데
초피 열매 한껏 벌어져서는 검은 선글라스
착용하고 앳띤 솔이끼 꼬셔볼 양으로
자꾸만 초록 돌담을 기웃거리더라
바람이 수르르 수르르 불 때마다
호두 열매 하나 툭, 잘 익은 붉은 감도 툭
수줍어하는 대추낭자도 투드둑 투드둑

치마 곁단, 솔기 뜯어지는 소리
유혈목이 꼬리 감추고, 초피 열매 선글라스
벗겨지고, 솔이끼들 웃는 소리 돌담에 쌓이더라
돌담마다 가을을 기록하는 댕댕이덩굴
무딘 돌멩이 달래가며 온몸으로 적어 나가는데
툭, 투둑 열매 떨어지는 소리
저마다 무게감이 있더라.
　　　　　　　　　　-「영동 물안리에서 몇 시간」

　그야말로 기운생동(氣韻生動)하는 세밀한 묘사가
돋보인다. 호두나무의 그림자와 유혈목의 실감나는
묘사와 더불어 식물을 의인화하여 유머러스하게 그림
으로써 시각과 청각이 동시에 작동하는 가을날의 풍
경묘사가 손에 잡힐 듯이 생동감 있게 다가온다. 시인
으로서의 이시백의 고민과 꿈은 무엇일까? 그것은 아
마도 너에게 가 닿는 문장, 즉 이 시집의 제목이기도
한 "널 위한 문장"일 것이다. 그것은 또한 희망의 언
어, 즉 "햇살문장"일 것이다.

　익지도 못하고 떨어지는 도사리 문장
　함량 미달의 문장말이야

　(중략)

　정착하는 햇살 문장들

10월의 터널 안에서 곰삭고 있어
부드러운 껍질 흙에서 기다리지
봄이 오면 새 움이 돋을 거야
멀리 가진 않아

　　　　　　　　　　-「널 위한 문장」 부분

　위의 시에서 화자는 자신의 시가 "익지도 못하고 떨어지는 도사리 문장"이 될까 걱정하고 있다. 즉 "함량 미달의 문장"이 될 것을 고민하는 것이다. 아마추어 시인들이 횡행하는 문단의 세태를 보니 더욱 그러한 고민은 깊어질 것이다. "헛간에 매달려 따뜻한 날을 기다리는"(「나방일기」) 나방처럼 오랜 시간을 어두운 터널 안에서 외롭게 기다리다 보면 언어는 곰삭아 마침내 봄이 올 것이다. 시인으로서의 희망이 "새 움"으로 돋아나기를 기다리는 화자의 소망이 잘 표현되어 있다.

　섬세한 감성을 바탕으로 하여 사물의 외면과 내면을 융합시켜 감각적으로 묘사하는 이시백의 시는 중년에 접어들면서 더욱 무르익어 간다. 자연을 가까이하며 전원 속에서 살아가는 그의 시는 삶의 상처를 승화시켜 담백한 시어로 그려냄으로써 여백의 미학을 추구한다. 특히 자본주의로 포위된 세상에서 물화되어가는 자신을 반성적으로 성찰하고 파편화되어가는 인간관계를 극복할 수 있는 참사람의 길을 동학정신을 통해 제시하고 있다. 시인 이시백은 안빈낙도하는

전원의 삶 속에서도 선비의 기개를 지키며 깨끗하게
살다 가고자 하는 정갈한 삶을 지향한다. 누구보다도
모국어를 사랑하는 그의 시가 더욱 무르익어 어두운
욕망의 뒤안에서 신음하는 현대인의 마음을 밝혀주는
희망의 '햇살문장'으로 피어나기를 기대한다.